COLLECTIONS
DE L'ESPINASSE-LANGEAC ET DE KERGOLAY

Vente du Mardi 27 Janvier 1914

HOTEL DROUOT — SALLE N° 7

N° 29 du Catalogue

EX-LIBRIS

Mᵉ ANDRÉ DESVOUGES.   M. LOYS DELTEIL

FRAZIER-SOYE, IMPRIMEUR

155, 157, RUE MONTMARTRE

o o o o o o o o o PARIS

CATALOGUE

DES

EX-LIBRIS

ANCIENS

ET

MODERNES

provenant des Collections

de L'ESPINASSE-LANGEAC et de KERGOLAY

Dont la vente aura lieu

à Paris, HOTEL DROUOT, Salle N° 7

Le Mardi 27 Janvier 1914

à 2 heures précises

Par le Ministère de M° ANDRÉ DESVOUGES

COMMISSAIRE-PRISEUR

26, Rue de la Grange-Batelière

Assisté de M. LOYS DELTEIL, Graveur et Expert

2, Rue des Beaux-Arts

CONDITIONS DE LA VENTE

Elle sera faite au comptant.

Les adjudicataires paieront *dix pour cent* en sus des enchères.

M. Loys Delteil remplira les commissions que voudront bien lui confier les amateurs ne pouvant y assister.

MM. les Amateurs pourront visiter la collection, 2, *rue des Beaux-Arts*, du Lundi 19 au Lundi 26 Janvier 1914 (*le Dimanche excepté*).

DÉSIGNATION

XVIIe SIÈCLE

1. Charleton — de la Reynie, in-8. Deux pièces.

2. N.-R. Frizon, avocat au Parlement, 1694. In-8.

3. (de Maupas). Rare.

4. (de Pontpierre. Rare).

5. (Philip, avocat à Aix). In-8. Rare.

6. (Scevole de S* Marthe), par *J. Picart*.

7. De Villers de Rousseville, par *P. Giffart*.

8. Baudrand (M.-A). — Ruffier (Claude). Deux pièces.

9. (Panier d'Orgeville) — Alex. Petau. Deux pièces.

10. De Damas — Caboud — Demaherenc. Trois pièces.

11. André Félibien, 1650 — (L. de Thyremais de Tertre) — Mgr Pellot, par *I. T* (Toustain ?). Trois pièces.

12. (Quinquebeuf de Rossy) — (de Motteville) — (Tarin) — Frizon de Blamont. 1694 — (J. Bigot). Cinq pièces.

13. P.-D. Huet, 1692 — (Vachon de Belmont), 2 états A.-F. Doyen — (de Lesquen) Cinq pièces.

14. L.-P. d'Hozier, 2 variantes — Talbert, 1689 — Anonymes — Talon. Six pièces.

14 *bis*. (Pinteville de Cernon), par *de Marolles*, 1671
— P.-D. Huet, in-12, 1692 — F. Ronsin —
(Michel de Léon). Quatre pièces.

15. P. Michel — P. Maridat — (Pourroy de Quinsonas) — J.-B. et J.-A. Philippe — J. de Janson,
par *Vallet* — de Boutaudon, 1647. Sept pièces.

16. Anonyme, par *Briot* — Bulteau de Préville, par
P. Giffart — De St Marie — (de Beauvin) —
Bigot de Graveron — de Fourcy — J.-B. Riboud.
Sept pièces.

17. J.-N. de Tralage, 2 variantes — (Borluut) — (Varagne de Balesta), par *Nonot* — Cl. de Vassy,
par *J. Toustain* — (Maison de St-Cyr), 2 variantes.
Neuf pièces.

XVIIIe SIÈCLE

18. D'Aine (M.-J.-B. Nicolas), par P.-L. Cor.

19. Mme et Mlle d'Alleray. Deux pièces, par *Louise Le
Daulceur*.

20. d'Archambault, par *Sergent*, Chartres.

21. de Bellissen, par (*Ingram*) — Tascher, par *Roy* —
Thiroux d'Arconville, par *Louise Le Daulceur*.
Trois pièces.

22. de Berthou, par *A. Ollivault*.

23. Elizabeth de Besset de la Chapelle Milon — N. P
de Besset de la Chapelle Milon. Deux pièces.

24. Boizé (Cte de) — Vte de la Maillardière — (N.-C.-L.).
Trois pièces, par *L. Legrand*.

25. de Bourgongne — (de Fontenille) — (Foulon ?) —
P.-L. de Podio. Quatre pièces, par *Cl. Roy*.

26. J.-F. Brallet, par J. Gamot.

27. du Bu de Longchamp, par *Ollivault*.

28. de Buissy, par *P.-P. Choffard*, 1759.

29. Duché, par De Launay, d'après Marillier, 1770.

30. Du Pré de S' Maur, officier aux Gardes Françaises,
par *Le Beau*. Rare.

31. Thomas Gueulette. Deux variantes, par H. Becat
et Bellanger.

N° 4 du Catalogue.

32. N.-G. Hamare de Laborde — de Suremain —
P.-L. de Podio. Trois pièces, par *Cl. Roy*.

33. C' de Jonsac — M' de Fleury — M' de Broglie —
Louise-Adélaïde de Bourbon. Quatre pièces.

34. Lambert de Villejust, par Brenet.

35. Georges, M' de Massol de Serville, par *Durand*.
Rare.

36. de Maussabré. Rare.

37. Mignot de Montigny, 3 variantes, par Louise Le
Daulceur.

38. J.-A. Mongez, Genève.

39. Montmaurin (C' de), par *A. de S' Aubin*.

40. (Pallu du Parc), par *P.-F. Germain*.

41. F. Perrault, par *Le Tillier* — J.-A. Tronchin, par *Choffard* — De Cuzieu. Trois pièces.

42. H. Soulastre, par *Ollivault*, Rennes.

43. V⁺ᵉ de Toustain — J.-C. Villers. Deux pièces, par *Ollivault*.

44. (de la Trémoille) — (Abbé Pucelle) — (de Charost) — Anonyme. Quatre pièces, par *P.-F. Tardieu*.

45. (Trudaine), par Berthault, d'après Le Sage.

46. (de Valory), par J.-H.-V., d'après F. Boucher.

47. Mᵐᵉ Victoire de France, par *C. Baron*.

48. (Ant. Ysabel), par *R. Harel*. In-8. Rare.

49. Achy (Mⁱˢ d') — Adam (J.) — (Albignac) — d'Auirey — Aymeret de Gazeau (d'Angerville), 2 variantes. Sept pièces.

50. B. Barbier — Mⁱˢ de Balleroy — L. Barbe — Bonnet aîné — H.-L. Billard — R.-T. Belier. Six pièces.

51. de Bellehache — Guenet Delouye — Carré de Montgailhard — B. Guerrier — de Montolieu — G. Pitra — (Le Quien de la Neuville) — (Manin) — Paule de Dompierre. Neuf pièces.

52. Catherine de Brecqueville — V⁺ᵉ de Vintimille — (Mᵐᵉ Silva) — (de Bourbon-Malause) — (Brochet de St Prest) — Anonyme. Six pièces.

53. Brevillier, par *Lesoing* — (Beaumont d'Antichamp) — S.-A. Le Moine — du Chemin, 2 variantes — Souchay — G. Gallois. Sept pièces.

54. C. de Brosses, 2 variantes, par *Aveline* et *Durand* — G.-R. Boscheron, par *Berthault* — P.-L. de Carbon, 2 variantes, par *Baour* — de Poverel, par *Pallière*. Six pièces.

55. Contencin — N. Carré, par *F. Cars* — Fougeroux de Secval — Hébert, chanoine de Rouen — Thilorier, par *A. Lavau* — N. Leboucher, par *Décaché* — Mme d'Aligny — A. Duchesne. Huit pièces.

56. de Courtarvel, par *Lucas* — Comeau de Satenot, par *Maurisset* — Lavoisier, par *de la Gardette* — Fougeroux de Bondaroy, par Criez. Quatre pièces.

N° 58 du Catalogue

57. (Mme Desmé de la Chesnaye) — (Vte de Fondeville) — P^sse de Guémenée — Miss Roullier — Mis d'Argenson. Cinq pièces.

58. (du Pré de St Maur) — C.-G. Douet de Vichy — Telles d'Acosta, 2 variantes — Anonyme, par Bidault, 1707 — (Guill. de Troyes). Six pièces.

59. de Fenille, par *Durand* — A. Ollivier, par *Chalmandrier* — Vaucresson de Cormainville, par *Beaumont* — O. Vallée, par *Beaumont* — Libert de Beaumont, par *Derond* — Huguenin Dumitand, par *Thevenard* — A. Douglas, par *Monnier* — L. Chefd'hostel, par *Gouel*. Huit pièces.

60. Foulque de Planta — (Huet de Froberville) — (Rouillé d'Orfeuil), par *Varin* — Bon de Gottignies — (Girardot de Préfont) — J.-B. Gastaldi — (B^on d'Uhart). Huit pièces.

61. N. Fremyn — A.-G. Fulchiron — A. Frémiot, 1737 — de Faultrières, par *Ferrand*, 1730 — Fauveau — Anonymes. Neuf pièces.

62. Bibliothèque de Gambais — Anonymes — (Grout du Fourneau), par *Gosset* — S' Allyre, Clermont-Ferrand, par *B. Chinon* — (d'Héricy et Bezons) — (Hœufft), par Roettiers. Huit pièces.

63. Collège des Godrands — Thiroux d'Arconville — Mme d'Arconville, par *Louise Le Daulceur* — Mme Roland de Challerange — (D^sse de Chaulnes). Six pièces.

64. (d'Harcourt) — du Hardat d'Hauteville — (Hardouin Mansart), par *Montulay l'aîné* — P.-L.-A. Harlé, par *Guillaume* — A. d'Haldat — Herisson de Villiers. Six pièces.

65. Jaillot — Ch' de Fleurieu — B. Pontus — Ch' de Launey — J.-M. Terray. Cinq pièces.

66. Latlize, par *Collin* — De Provenchères, par *Nicole* — J.-B. Descamps, par N. Le Mire — Cte de Forcalquier. Quatre pièces.

67. Langlois de Louvres, par *Villers* — De Laus de Boissy — Jehannot de Beaumont, par *Allin* — (d'Hémery), par *Moreau* — Ronsin, par *Jacques* — (de Jarente d'Estanville, par *Le Maître* — A. Lequien, par *Derond* — (de Guillebon), par Jacques. Huit pièces.

68. Languet de Sivry, par *E. Fessard* — Bernard de Rieux, par *Huquier* — J. Xaupi, 2 variantes, par *Avisse* — J.-B. Rivière, par *Messager* — Amé de S' Didier, par *Voysard* — de Joubert, par *Maugein*. Sept pièces

69. P. Larsonnyer, 1765 — Abbé de La Fare — Cte de Lannion — de Luynes — Ch' de Limoges — Le Lorrain — J.-C. de la Grézière. Sept pièces.

70 (Abbé Le Blanc), par *Gallimard* — (Ledoux), par
Coutellier — de Briois de Sailly, par *Merché* —
Vigor de Briois, par *Merché* — T. de Cambon,
par *J. Mercadier* — P. Andrault, par *Delarbre*.
Six pièces.

71. de Longueil — Foullon d'Ecotier — de Senneterre
— Lalive de Jully — de Montebise — de Morte-
fontaine — (Jubert de Bouville) — J.-J. Jolivet —
de Laage de Meux. Neuf pièces.

72. de Merigny — (de Sartine) — Hénault — S. Mol-
levaut — Chevalier de Baudouin. Cinq pièces.

N° 70 du Catalogue

73. A.-A. Normandeau — P. de Pons — J.-P. Grumet
— Le Boucher de Richemont — de Champcenetz
— (Savonnière). Six pièces.

74. Palisot d'Athies — Pasquier de Messange —
C.-J. L. Coquereau — (de Chavagnac) — Denis
— Frizon de Blamont (par *Le Roux*) — Abbé de
Franssure — de Fréval — Foudras. Neuf pièces.

75. N.-J. de Paris, 1733 — de Preaux — J.-F. Palisot —
de Paravicini — du Parc — J.-B.-J. Parent. Six
pièces.

76. Pusignieu — Abbé Quarré de Monay — J.-Th.
Aubry — d'Assenoy — Bouchet de Sourches —
(Apchon). Six pièces.

77. J.-F. du Resnel — de Brancas — Boula de Nanteuil
— Laus de Boissy — Boula de Montgodefroy —
de Bougainville — de Bourgevin — T. Bullier —
du Boccage (par *Gamot*). Neuf pièces.

78. F. Roche, par *Durand* — Francœur l'aîné, par
Collard — de Faultrier, par *Ferrand* — L. Deschamps des Tournelles, par *Moreau* — Delaleu,
par *Montulay* — J.-M. Vernisy, par *Doyen*. Six
pièces.

79. F.-R. Secousse — (Boivin de Briqueville) — Roger
de Vavincour — Roland de Challerange — (Laurent, abbé de Beaujeu) — (de Calonne) — (Paris
de Verney) — L. de Roncherolles. Huit pièces.

80. Vte H. de Ségur — Louise-Adélaïde de Bourbon —
Mme de Beaumanoir — Bibliothèque d'Avernes.
Quatre pièces.

81. de Serpes — de St Hilaire — de St Père — Saulot
de Bospin — L.-P. Saunier — de Saulcy — de
Sausin. Sept pièces.

82. Trudon de Roissy — de Roquencour — Menage
de Mondesir — Mr de Rothelin — de Brun —
de Brienne — S.-R. Roger. Sept pièces.

83. de Vieux Pont — R. de Ruffey, par *Scotin* —
P.-N. Vingtdeux, par *Denizard* — Papillon, par
De Monchy — Mussey-Depatay — de Montcalm,
par *Danchin* — (de Polignac) — (de Pontchar-
train). Huit pièces.

84. Anonymes. Dix-huit pièces.

84 *bis*. Anonymes. Quarante pièces. *Ce numéro sera
divisé.*

85. Collège des Prédicateurs de Lyon — Congré-
gation de St Maur, 1765 — Froment, Bon de Cas-
tille — (Thépault) — de Fauconpret de Thulus,
par *Helman*, etc. Dix pièces.

86. Neret — de Nesmond — P. du Douet — d'Ainval
— Durieux de Beaurepère — F.-J. Dionis —
Desavenelle — Dupasquier — J.-C. Dezauche —
Des Mazis de Boinuille. Dix pièces

87. de Camilly — J.-B.-E. Camus de Pontcarré —
(Caze) — de Créquy d'Hémond — J.-F. Corel
de Courcy — (de Cougniou) — (Chabrillant) —
E.-F. Changarnier — G. Chany. Dix pièces.

N° 33 du Catalogue.

88. de Celon — de Chavadon — de Champflour —
A. Guyton — Gravelle de Fontaines — de Laloge
du Bassin — Dubois — Du Metz — G. Durand —
Durey de Noinville. Dix pièces.

89. Marquier — d'Argenson — (Thépault) — P.-F.
Coppette — de Caumartin, 2 variantes — J.-M.
Dutour — Vulliard — Notre-Dame de Bello-
sanne. Dix pièces.

90. P.-P. Artaud — L. de Sausin — (Thomé) — de
Thyard — Baizé — Le Tors de Chessimont —
Collin — de Chaumejan — (de Bellay) — de
Folard. Dix pièces.

91. Nicole — J.-F. Collombat — (Cochet de St Valier)
— P. Cochon — Collin — de Veimerange —
Cte de Cossé — Costard de Bursard — Courtin
de Perreuse — (Colas de Malmusse). Dix pièces.

92. de Gremion — de Glandeves — Girié — de Ginestous de Challay — (de Galard) — de Galliffet — (Vion de Gaillon) — P.-L. Gautier — Gallas. Dix pièces.

93. Henrion de Franchevelle — d'Héricourt — (Hennequin) — Vialart de Moligny — Papillon de la Ferté — (Pelissier de Féligonde) — (Fizeaux) — (Foulon) — (Fénil) — (de la Colombe). Dix pièces.

94. Le Tellier de Courtanvaux — Le Vacher du Plessis — Le Couteulx — J.-B. Savoye — (S' Maurice) — La Haye des Fosses — de la Haie — (Langlois) — Delamichodière — de la Tournelle. Dix pièces.

95. Dugad — Dumoustier de Vastre — (du Plessis) — E. Droz, par *Micaud* — (du Puy) — Abbé Duquesnoy — E.-N. Lalaure — Pont de Romémont — Poulletier — Pourroy de Quinsonas. Dix pièces.

96. Dommanget — Damas d'Anlezy — Dampoigné — A.-J. de Rohan — (Brulart de Sillery) — J.-B.-H. Bretin — F. Roux — L.-H. Raussin, 2 variantes — J. Canclaux — J.-L. Bouheret. Onze pièces.

97. Blondel — S' Laurent, de Blois — (Blondel d'Aubers) — (du Bellay) — B. Bieswal, par *Vacheron* — Billard de Vaux — de Belle-Hache — H.-T. Baron — (de Boullogne) — M¹ de Bièvre. Onze pièces.

98. Lejourdan — Le Prince au Mans — N.-J. Foucault — (Joly de Bévy) — J.-F. Jannart — Josse — de Joly — Jacquinet — J. d'Hailly — de Fourqueux — J.-B. de Fouquet. Onze pièces.

99. C.-N. Lalaure — Lalive d'Epinay — M¹ de Lautrec — C¹ de Laudun — F. Mouchard — Monjardet — (Le Clerc de Juigné) — Juteau — (Jubert de Bouville). Onze pièces.

100 Josse — Abbé de La Porte — Houel — D. Margiec
— Morel d'Epeisses — G.-L. Mareschal — May-
non de Farcheville — L. de Manneval — Marié
de Toulle — A. de Saumery. Onze pièces.

101. Le Pelletier — Lesage — (Leblanc) — C. Le Boi-
teulx — Romé de Vernouillet — (de Villeneuve
Bergemont) — (Lebas de Courmont) — J.-B.
Taitbout — de Lannion — (Thomassin) — P.-L.
Gautier. Onze pièces.

102. de Laus de Boissy — L. Michon — de Créquy —
Warenghien de Flory, par *Danchin* — B.-G
Rolland, par *Stallin* — Bource — Thierry de
Villedavray, par *Colinet*, etc. Onze pièces.

103. Merlet (J.) — T.-G. Ludovici de Roncherolles —
C. de Rochechouart — Reuillom — Boula de
Marevil — (Bourgeois de Boigne) — Haillet du
fossé — D.-J de Cosnac — J.-N. Arrachart —
P. Arcelin — Rosset de St Quentin — Onze pièces.

104. Damours — d'Armand, Lille — G.-M. Deplace —
Des Mazis de Boinville — Delisle — Deschamps
de St Amand — M. Detoulle — Delepierre de
Ligny — Delisle — Dessains — Delahamayde.
Onze pièces.

105. de Gourgue — Deglatigny — De Ginoux — (Gillès)
— Gigot d'Orcy — Geuffrin — J. Geoffroy —
Gauthier de Rougemont — Gaillard — Gavinet
— (Gaignon de Vilaines). Onze pièces.

106. Rieu — F.-G. Bouché d'Urmont — Hurson —
(Le Bas de Girangy) — de Serans — D.-F. Se-
cousse — J. Bally — Baizé — La Cropte de
Bourzac — d'Allemans — Allard du Bourget.
Douze pièces.

107. Bronod — (de Bonneval) — (de Bauffremont) —
(de Villeneuve-Vence) — de Villiers — Tupigny
Cauvry — Robilliard — de Rochambeau — Le
Vacher — de Vienne — (de Villevault) — de
Vichy. Douze pièces.

108. (Chauvelin) — Chanorier, par *De la Laune* —
Champeaux — Choart — (De Montesquiou) —
A. de la Bletonnière — J.-B.-B. L'Abbé — S. de
la Salle — A. Malaval — de Buchelet — Magon
de Terlaye — Meheust. Douze pièces.

109. (de Noyelle) — (Ridé) — (d'Estrabonne), par
Viotte — (de la Garde) — de Seraucourt —
Durant — (B^m Delessert) — Le Feron de l'Her-
mite — (de Salle), par *J. Sinton*, etc. Douze
pièces.

110. (de Rully) — Crevon de Méricourt — Anda de
Montolieu — Morin — (La Chapelle du Bou-
cheroux) — N. Houe — (Mallet de Trumilly) —
(de Beaurepaire) — Bourgongne de Menneville,
par *Durand*. Douze pièces.

111. Bouillet — (de Viry), par *Wasset* — (Maire de
Bouligney) — de St Julien — Marin — Maton de
la Varenne — C.-G. Mariette — J. Mey —
Micolon de Blanval — F. Midy — (Michel de
Léon). Douze pièces.

112. T. de Janson — (Nevret) — (Rigoley de Juvigny)
— (Caylar) — (Cte d'Estrades) — Cano — St Ange
— L. de Poilly, 2 variantes — (de la Mirandol)
Bruneau de Vassignies. Douze pièces.

113. J. Chavane — (Berthelot?) — De Bercheny —
d'Hyenville, par *Viotte* — (Dournel) — C. May
— Leleu d'Aubilly — (Cannac) — D. de Riacourt,
par *Thibaut* — Thibault. Douze pièces.

114. Clary de St Angel — (de Fresnoy) — Chapaix —
(Chamillard de la Suze) — F. Seguret — J.-B. de
S. Port — J.-E.-A. de St Simon — de St Pol —
de Saisseval, par *Traiteur* — de Saluces —
Sanlot — Saulot de Bospin. Douze pièces.

115. Michel Martel — (Michaud) — Mezilcourt — Hu-
vier du Mes — de la Sone — P.-N. Le Prince —
(Larcher) — de la Porte — (La Fresnaye) —
(d'Olivet) — F. Morel. Douze pièces.

116. (de Lautrec) — Labastie — (de Lupé) — de Luzi-
gnem — (de Luynes) — Lohier — Delignières de
Bommy — Desligneris — (Le Sage) — Gougenot
de Croissy — (Crussol d'Uzès). Douze pièces.

117. Bonnard — Boissy d'Anglas — F. Chol de Clercy
— F. de Ville — V° de Vergennes — (de Ville-
neuve) — G. Rouher — de Rochereau, par
Chaumier — Lesage — Jarente d'Estanville, par
Le Maître — R.-T. Bellier (P. Daulier) — Oursel,
par *Gouel*. Treize pièces.

N° 18 du Catalogue.

118. Michau de Montaran — J. de Montmeau — Mon-
trichard) — de Chambon — Aubaret — L. Aubret
— D.-C. Odier — N. Brumant — J.-E. Bordier —
Millin de Grandmaison — Hurson — d'Huteau —
P.-N. Hemey. Treize pièces.

119. Busquet — (de Boisgelin) — B.-G. Rolland —
Roussel — Ledoux — Le Noir — (Le Fèvre d'Or-
messon) — (Le Roux d'Esneval) — C.-E. de Bona
— Th. de Bordeu — R. de Tavel — (Texier
d'Hautefeuille) — (La Marthonie). Treize pièces.

120. (de Monthiers) — de Montfleury — Moriceau
de Montfermeil — J. Molinier — B. Mocquet —
(du Quesnoy) — (Abr. Le Fort), par *Brière* —

(la Loge du Bassin) — de la Luzerne — de la
Cressonnière — de Ponsainpierre — Pinseau de
la Menardière. Quatorze pièces.

121. Ameline de Quincy — B^{me} d'Andrée — Raussin
de Villotran — C. de Tilly — B. Turgot — Pelée
de Varennes — A.-F. Petit, 2 variantes — Pihan
de la Forest — Laumonier — Le Thieullier —
Le Veneur, 2 variantes. Quatorze pièces.

122. d'Enfrenel — d'Espiennes — J.-B. l'Ecuy — Este-
vayer. — Dorigny — (d'Olive) — Odile — (Orry)
— J.-M. Proust — A.-J. Pioct — Pigné de Mont-
chevrel — F. Pigeau — Denis. Quatorze pièces.

123. F. Nicolai — (Dufort de Niverny) — Duc de Lian-
court — Spielmann, par *Striedbeck* — H. Jenneri,
par *Wocher*, etc. Dix-sept pièces.

124. Salvert de Mont-Roignon — Ant. Salomon — L. de
Manneval — (Sylva) — de St Maurice, 2 variantes
— J.-F. Charles — (Clermont d'Amboise) — (de
Courten) — de Brissac, par *George*, etc. Dix-huit
pièces.

125. (Jouvenceau d'Alagrat) — Deleau — Mouton-
Fontenille — Vingtdeux, par *Deniszard*, 2 va-
riantes — (de Rubempré) — (Estouteville) —
(Bullion), etc. Vingt pièces.

126. Philipon — H. du Rosnel — Riverieulx de Varax
— (de Beuil) — Silva — R. Hughes — Vernimen
— de Vaulear, etc. Vingt-quatre pièces.

127. Ex-libris divers. Cent cinquante-sept pièces. *Ce
numéro sera divisé.*

128. Ex-libris modernes et typographiques. Trente-huit
pièces.

129. Ex-libris français et étrangers. Cinquante pièces.

130. Ex-libris modernes. Cinq cent-soixante-quatorze
pièces. *Ce numéro sera divisé.*

Paris. — Imp. FRAZIER-SOYE, 153-157, rue Montmartre

RED. :

20

graphicom

0 1 2 3 4 5 6 7 8 9 10

MIRE ISO N° 1
NF Z 43-097
AFNOR
Cedex 7 92080 PARIS-LA DÉFENSE